재미 한 움큼,
지혜 한 스푼,
따스한 마음을
솔솔 뿌려 드립니다.

반달
서재

510원의 때굴때굴 동물원 탐험

초판 1쇄 2025년 1월 13일

글 김진형
그림 박재현
편집 김희전
디자인 노랑신호등

발행인 김희전
발행처 반달서재
출판신고 제2020-000219호
주소 06611 서울시 서초구 강남대로69길 8, 케이아이타워 1038호
팩스 02-6403-1012 | **이메일** bandalseojae@naver.com
페이스북 facebook.com/bandalseojae
인스타그램 instagram.com/bandalseojae_publisher

ISBN 979-11-986983-3-9 74810
ISBN 979-11-974027-0-8 (세트)

기쁨 동물원
510원의
때굴때굴
동물원 탐험
김진형 글 | 박재현 그림
10
1966
2013
500

차례

2013
500
10

2013
500
2 EURO
1966
10

지난 이야기

500원짜리 동전 오롱이와 10원짜리 동전 십조 어르신은 행운 슈퍼를 탈출해 신나게 모험 중이었어요. 바깥세상은 온갖 위험으로 가득하지만, 오롱이와 어르신은 서로를 믿고 의지하면서 위기를 헤쳐 나갔지요. 어느 날 십조 어르신의 옛 친구들을 만나러 화폐박물관에 갔다가 그곳에서 오롱이는 오래된 돈부터 외국 돈까지 다양한 화폐들을 보고 눈이 휘둥그레졌어요. 그리고 그날 마치 운명처럼 유럽에서 온 동전 유라를 만났고요.

유라의 딱한 사정을 알게 된 오롱이와 십조 어르신은 여간 마음이 쓰이는 게 아니었는데……. 동전들이 비행기를 타고 머나먼 외국 땅까지 가게 될 줄이야!

하하하, 오롱이와 십조 어르신은 이제 어디든 갈 수 있어요. 비록 아는 것은 많아도 둘째가라면 서러운 겁보, 십조 어르신이라도 말이에요. 두 동전은 언제나 함께니까요.

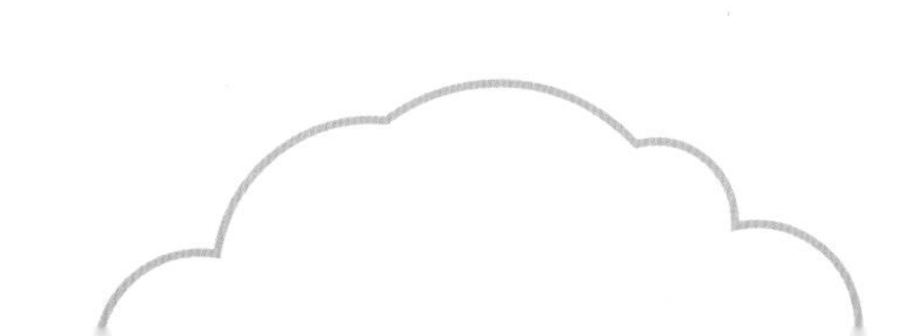

어르신, 아이들이 어디에 가는 걸까요?
?

체험 학습을 가는 모양이구나.
옛날에는 소풍이라고 불렀는데...

와아─ 즐거운 날이네요!
오늘 같은 날도 있어야 하지 않겠니.

소풍 용돈
크으~~ 그럴 때가 참 좋았지...

로운아, 어서 버스에 타자!
....
? ?

나 꼴찌 아-님!!!!
툭

노아야,
장난
그만!
선생님
메롱-

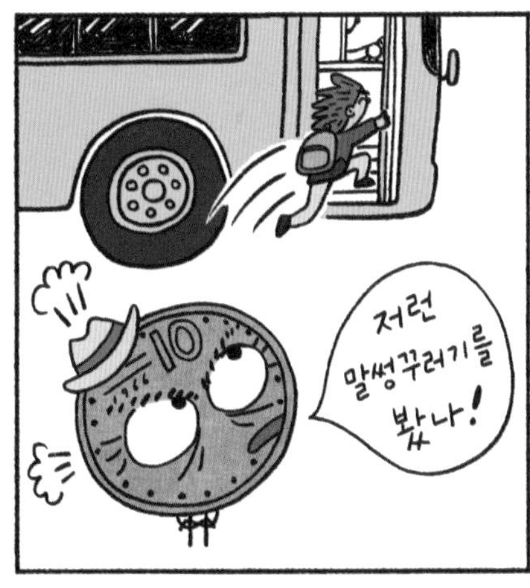
저런
말썽꾸러기를
봤나!

가자!
우리도!
네?

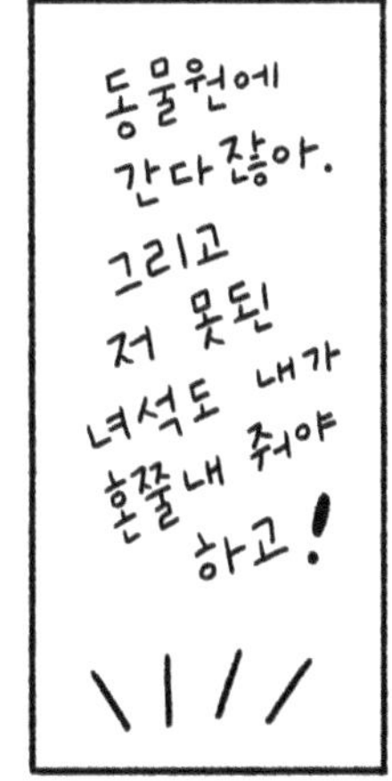
동물원에
간다잖아.
그리고
저 못된
녀석도 내가
혼쭐내 줘야
하고!

부릉
부르릉-

함께 있어도 외로울 때

버스 안에서 로운이는 배낭을 꽉 끌어안은 채 입을 꾸욱 다물고 있었어요. 오롱이는 내내 걱정스러운 눈으로 로운이를 살폈고, 어르신은 바로 옆에 앉은 노아를 못마땅한 눈으로 노려보고 있었지요.

"야, 전학생. 심심한데 나랑 놀자. 응?"

노아가 로운이를 쿡쿡 찌르며 장난을 걸었어요. 로운이는 묵묵히 앞만 볼 뿐 노아의 행동에 아무 반응도 하지 않았어요. 재미가 없는지 노아는 뒷자리 여자아이에게 간식을 바꿔 먹자며 의자 사이로 손을 밀어 넣었어요. 여자아이가 큰 소리로 선생님

2013
500
10

에게 노아를 이르자, 선생님이 단호하게 노아에게 주의를 주었지요. 노아는 입을 삐죽거리면서도 장난을 멈추지 않았어요. 창문에 입김을 불어 '로운이 바보'라고 쓰더니 로운이를 향해 씩 웃어 보였어요.

도로를 쉬지 않고 내달리던 버스가 '기쁨 동물원' 출입문을 지나 커다란 주차장에 멈춰 섰어요. 앞다투어 내리려는 아이들 때문에 버스 안은 야단법석이었지요. 로운이만 조용히 자리를 지키고 앉아 있었어요.

십조 어르신은 동물원 간판을 본 뒤부터 마음이 들떠서 추억을 쏟아 놓느라 바빴어요.

"예전에 동물원은 말이다, 쉽게 올 수 있는 곳이 아니었어. 부모가 아이들을 위해 큰마음 먹고 시간을 내어서 오는 곳이었지. 나도 딱 한 번 동물원에 와 봤는데, 그때……."

평소라면 귀를 쫑긋했을 테지만 지금 오롱이는 어르신 말씀을 흘려듣고 있었어요. 금방이라도 눈물을 쏟을 것 같은 로운이의 슬픈 눈망울 때문이었지요. 마지막까지 남아 있던 로운이는 선생님의 손에 이끌려 버스에서 내렸어요.

선생님은 나지막하고 따뜻한 목소리로 로운이를 다독였어요.

"로운아, 아직 많이 낯설지? 전학 온 지 얼마 안 돼서 그럴 거야. 차츰 정이 들 테니까 걱정 마."

"……."

"밖에 나오면 친구들이랑 어울리기 더 좋을지도 몰라. 너랑 잘 맞을 친구를 한번 찾아봐. 알았지?"

"……네."

로운이는 애써 고개를 주억거렸어요. 무겁던 오롱이의 마음도 조금 가벼워졌지요.

"오롱아, 저기 좀 봐라. 이게 얼마 만에 보는 원숭이냐. 어구구, 귀여워라."

십조 어르신의 흥분된 목소리에 오롱이는 깜짝 놀라 고개를 돌렸어요. 원숭이가 꼬리로 바나나를 감아쥐고서 나무를 타는 게 보였어요.

어르신이 냉큼 로운이의 배낭에서 뛰어내리더니 때굴때굴 굴러 원숭이 사육장 앞으로 갔어요. 오롱이도 얼른 쫓아갔지요.

원숭이를 가까이서 본 오롱이의 눈이 휘둥그레졌어요.

"어르신, 저기 엄마 배에 매달린 아기 원숭이가 있어요!"

아기 원숭이가 정말 귀여워서 오롱이도 금세 마음을 빼앗기고

기쁨 동물원

그만해
장난인데?

말았어요. 로운이는 잠시 잊고요.

난생처음 보는 동물들의 모습은 오롱이의 눈을 사로잡기에 충분했지요. 멋진 뿔을 달고 다니는 사슴, 목이 길어서 나무 꼭대기의 나뭇잎을 뜯어 먹는 기린, 입이 어마어마하게 커서 하품할 때 입이 찢어지지 않을까 걱정되는 하마까지 동물들은 저마다의 개성을 뽐내고 있었어요.

"그만해!"

어? 어디선가 로운이의 목소리가 들렸어요. 오롱이는 그 소리에 이끌리듯 순식간에 때구루루 몸을 굴렸지요.

"말도 없이 갑자기 어딜 가는 거야? 동물원에서 길 잃어버리면 큰일 난다고."

어르신은 멀어지는 오롱이를 향해 소리쳤어요. 동시에 놓치지 않으려고 재빠르게 구르면서요.

오롱이는 멀지 않은 곳에서 로운이를 발견했어요. 얼굴이 달아오르고 두 주먹을 꽉 쥔 모습이었지요. 로운이 앞에는 장난기 가득한 노아가 서 있고요. 노아가 로운이를 곤란하게 만든 게 분명해요. 오롱이는 눈으로 선생님을 찾았지만, 안타깝게도 선생님은 아이들을 통솔하느라 정신이 없어 보였어요.

“에이, 장난인데 왜 화를 내. 난 같이 놀자고…….”

노아가 로운이의 팔을 툭 치며 말했어요.

“싫다는데 왜 자꾸 귀찮게 해!”

로운이는 굳은 얼굴로 노아에게서 등을 돌려 버렸어요. 마침 선생님이 다음 동물을 보러 가자며 소리쳤어요. 노아도 기분이 상했는지 씩씩대며 발걸음을 옮겼지요.

오롱이는 서둘러 로운이를 따라갔어요.

“헉헉. 좀 같이 가자, 오롱아.”

십조 어르신은 숨 돌릴 틈 없이 오롱이를 쫓아갈 수밖에 없었어요.

로운이와 아이들이 멈춰 선 곳은 기쁨 동물원에서 가장 인기가 많은 구역이었어요. 바로 판다 나라요! 아이들은 판다를 발견하고 박수를 치며 환호성을 질렀지만, 로운이는 아무 표정 없이 서 있기만 했어요.

불현듯 오롱이는 로운이를 웃게 해 주고 싶다는 생각이 들었어요. 아무리 힘든 일이 있더라도 웃고 나면 기분이 좋아진다는 걸 알고 있었으니까요. 십조 어르신 덕분에요.

“크아, 중국에 가야만 볼 수 있다던 녀석을 여기에서 만나다

판다 나라
와
우아-
와!
와~
와-

← 중국을 상징
대나무만 먹는 초식 동물
귀엽 ㄲ가만 다크서클
10
1966

500

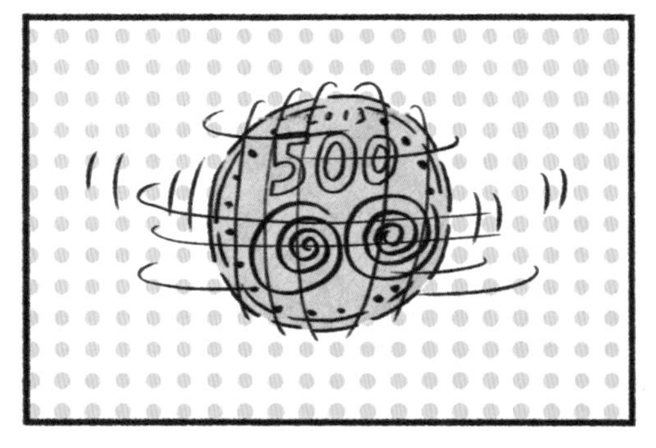
2013
500

10
1966
?
?
?~
오, 오롱아
2013
500

500

니. 세상이 진짜 많이 변했구나."

뒤늦게 도착해 판다를 알아본 십조 어르신이 침을 튀기며 말했어요.

어르신은 오롱이에게 하나라도 더 알려 주고 싶어 마음이 급해졌어요.

"전에 신문에서 봤는데, 판다는 중국을 상징하는 동물이야. 몸집이 저렇게 큰데 대나무만 먹는 초식 동물이라니 신기하지 않니? 게다가 생김새가 아주 귀엽단 말이지. 다크서클 생긴 것 같은 눈하며…… 사람들이 좋아할 만하지. 그리고……."

하지만 오롱이는 어르신 말씀이 귀에 들어오지 않았어요.

'그래, 그거야.'

오롱이는 로운이 옆으로 바짝 다가가더니 다짜고짜 뱅글뱅글 몸을 돌리기 시작했어요. 어르신은 갑작스러운 오롱이의 행동에 걱정이 앞섰어요.

"오, 오롱아, 도대체 뭘 하는 거야. 그러다 아이들 눈에 띄기라도 하면 어쩌려고."

어르신이 아무리 말려도 오롱이는 도는 것을 멈추지 않았어요. 예상대로 로운이의 눈이 자신을 향해 있었거든요. 로운이가 오롱이를 더 자세히 보려고 허리를 숙였어요. 오롱이는 어지러웠지만 멈추지 않았어요. 로운이 입꼬리가 슬금슬금 올라가는 게 보였거든요.

'지금이야!'

오롱이가 도는 것을 그만두고 공중으로 몸을 붕 띄웠어요. 곧이어 톡! 로운이의 운동화 위로 멋지게 착지했지요. 하늘이 빙글빙글 도는 와중에도 환하게 웃으며 자신을 바라보는 로운이와 눈을 맞추려고 애썼어요. 하지만 잠시 후…….

휙! 누군가의 손이 오롱이를 들입다 낚아채 어딘가로 냅다 던져 버리는 게 아니겠어요?

"오롱아아아아."

화들짝 놀란 십조 어르신이 목 놓아 불렀지만, 오롱이는 알 수 없는 곳으로 끝도 없이 날아갔어요.

판다 싱싱

풀썩. 오롱이가 드디어 어딘가에 떨어졌어요.

'뭐지? 되게 아플 줄 알았는데 폭신한걸.'

오롱이는 꽉 감았던 눈을 살며시 뜨며 주변을 둘러보았어요.

새하얗고 복슬복슬한 털이 사방에 가득했어요.

'여기가 어디지?'

아무리 머리를 굴려 봐도 도무지 알 수 없어서 더욱 긴장이 되었지요.

그때였어요. 쑤욱! 움직이지도 않았는데 오롱이 몸이 위로 치솟았어요. 어이쿠, 갑자기 경사가 가팔라지더니, 의지와는 상관

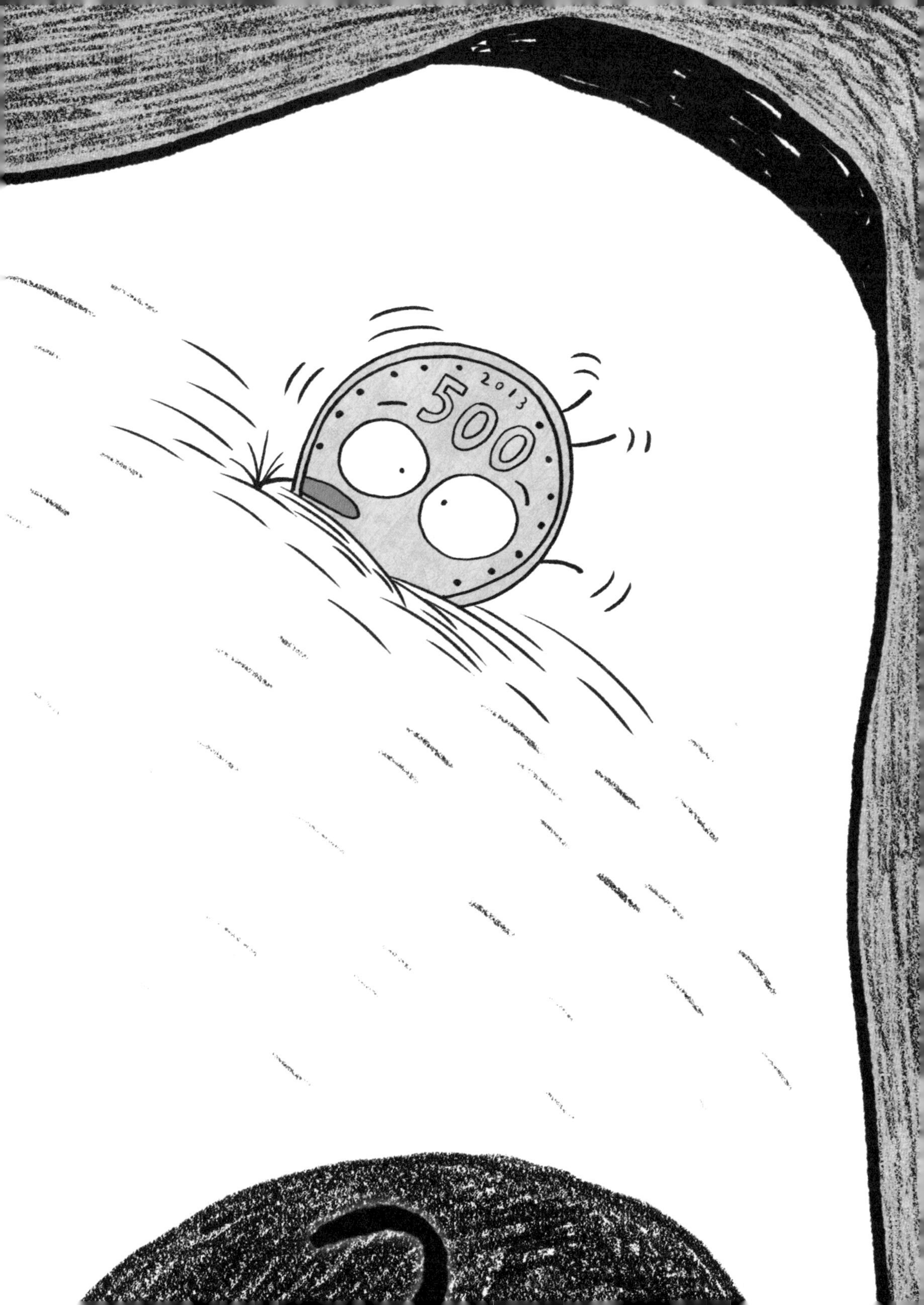
500
2013

없이 대굴대굴 아래로 굴러떨어졌지요. 오롱이는 잡히는 대로 하얀 털을 꼭 붙잡고 매달렸어요.

곧 다시 바닥이 평평해졌어요. 간신히 정신을 차리고 보니 자신이 까맣고 딱딱한 곳에 발을 딛고 있었어요. 그리고 어디선가 따뜻한 김이 모락모락 나와서 오롱이의 몸을 데워 주지 뭐예요. 두근대던 마음이 다소 잔잔해지려는 순간, 아주 커다랗고 까만 눈동자와 맞닥뜨리고 말았어요. 오롱이는 심장이 딱 멈춰 버리는 줄 알았어요.

또르르, 또르르. 가만히 오롱이를 살피던 까만 눈동자가 시선을 툭 떨구었어요. 그러고 보니 눈동자에 촉촉하게 물기가 어려 있었어요. 두려워서 시커멓게 타들어 가던 오롱이의 마음에 작은 물음표가 피어올랐어요.

'내가 동물의 몸에 떨어진 거야? 그런데 뭐지? 저 눈은…….'

눈앞의 동물은 오롱이에게 관심을 보이기는커녕 멍하니 넋을 놓고 있었어요. 오롱이는 용기를 내어 찬찬히 동물을 살폈어요. 그러다 자신이 떨어진 곳이 동물의 콧등 위라는 걸 알아차렸지요. 단단하고 까만 코, 복슬복슬 하얀 털이 가득한 얼굴, 꼭 안경을 쓴 것처럼 눈 주위를 뒤덮고 있는 새카만 털, 자그맣고 까만 귀…….

'아하, 판다다!'

순간 흘려들었던 십조 어르신의 말이 떠올랐어요. 동시에 어르신이 사라진 자신을 애타게 찾고 있을 거라는 생각이 들었지요. 오롱이의 눈에 눈물이 핑 돌았어요.

"저기……."

어디선가 목소리가 들렸어요.

"미안하지만 제발 울지 말아 줘. 나도 지금 눈물이 나오려는 걸 꾹 참고 있거든."

커다란 판다가 작디작은 오롱이에게 부탁하지 뭐예요.

어쩐지 부드럽고 친근한 목소리에 오롱이는 눈물이 쏙 들어갔어요. 오롱이가 침을 꼴깍 삼키고 나서 침착하게 자신을 소개했어요.

"안녕, 나는 오백 원짜리 동전 오롱이라고 해."

"난 판다 싱싱이야."

오롱이는 싱싱의 다음 말을 기다렸지만, 싱싱은 입을 꾹 다문 채 아무 말도 하지 않았어요. 더구나 관람객들을 등지고 서 있어서 마치 숨은 것처럼 보였어요.

'왜 저러는 걸까?'

오롱이는 궁금했지만 차마 묻지 못했어요. 눈물을 참고 있을 때는 아무 말도 하고 싶지 않을 테니까요.

오롱이는 질문하는 대신 싱싱의 눈물을 쏙 들어가게 해 줄 이야기가 무엇이 있을까 고민했어요. 그러다 행운 슈퍼에서 시작된 십조 어르신과의 인연에 대해 들려주기로 했지요.

"나는 지금 십조 어르신과 함께 신나게 모험하면서 꿈을 찾고 있어."

"……."

싱싱은 별 반응이 없었지만, 오롱이는 이야기를 멈추지 않았어요.

"우린 저금통에도 들어가 보고 유라라는 친구를 만나 유럽 여행도 했어. 우리나라가 통일되면 북한을 지나는 대륙 횡단 열차를 타고 세계 여행을 하자는 새로운 꿈도 갖게 되고 말야."

"그 열차…… 중국도 지나가겠네."

싱싱의 눈이 어느새 오롱이를 향해 있었어요.

"그럼. 네 고향도 당연히 지나가지."

싱싱의 얼굴에 설핏 미소가 보였다 사라졌어요. 오롱이가 얼

? ? ?
모험
인연
꿈

행운슈퍼
행운 슈퍼
십조 어르신

중국도 지나가겠네?
그럼~

른 다음 말을 이었어요.

"이 모든 건 십조 어르신께 배운 거야. 어르신은 내가 본 동전 중에 가장 똑똑해. 행운 슈퍼 금전 등록기*에서 탈출해 함께 모험을 하자고 말한 것도 어르신이거든."

그렇지 않아도 큰 싱싱의 눈이 더 커다래졌어요. 입도 어느 때보다 빠르게 움직였지요.

"탈출?"

"응."

"나도 하고 싶어. 탈출!"

놀란 오롱이가 싱싱의 눈을 가만히 들여다보았어요. 오롱이는 맞장구를 치지도, 말리지도 못하고 끙끙거리기만 했지요.

그 시간 로운이는 하염없이 눈물을 흘리고 있었어요. 자기 운동화 위로 떨어진 신기한 동전을 노아가 맘대로 판다 사육장 안으로 던져 버렸으니까요. 노아는 뒷머리를 긁적이며 우물쭈물했어요.

"감히 우리 오롱이를 내던지다니……. 내가 너를 가만두지 않겠다!"

* 금전 등록기 : 물건 판 내용을 기록, 계산하고 현금을 보관하는 기계

십조 어르신이 씩씩대며 노아에게 돌진하려는데, 선생님이 달려와 노아를 불러 세웠어요. 그러고는 작지만 분명하게 말했어요.

"판다 사육장 안으로 무언가를 던진 사람, 노아 맞지?"

"그게 아니라, 로운이가……."

"장노아, 동물들이 이물질을 먹으면 큰일 난다고 선생님이 분명히 설명해 줬지. 생명은 모두 소중한 거라고!"

"네에."

노아는 입을 삐죽거리며 선생님의 시선을 피해 고개를 숙였어요. 하지만 선생님이 우는 로운이를 달래려고 돌아서자, 노아는 또다시 장난칠 거리를 찾아 주변을 두리번거렸어요.

때마침 비둘기 한 마리가 노아의 눈에 들어왔어요. 노아는 실실 웃으며 살금살금 비둘기에게 다가갔지요. 그러더니 갑자기 두 팔을 펼치고 입으로는 우악 소리를 지르며 비둘기를 쫓아냈어요. 비둘기가 깜짝 놀라 날갯짓을 하면서 허둥지둥 도망쳤어요. 그 모습을 보고 있자니, 십조 어르신은 속이 터졌어요.

"저 녀석이 또!"

하지만 어르신은 무슨 생각에서인지 노아가 아니라 비둘기에게 다가갔어요. 비둘기의 부리가 부담스럽긴 했지만, 이대로 가

속닥 속닥
끄덕
끄덕

똥 싸다가는
알아서 해!
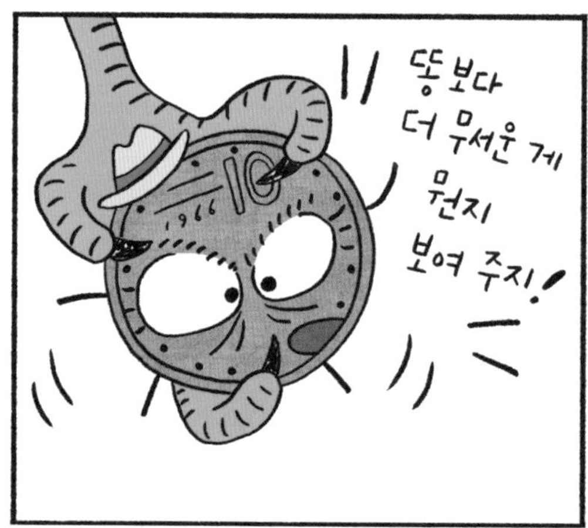
똥보다
더 무서운 게
뭔지
보여 주지!

만있을 수는 없으니까요. 마침 비둘기도 십조 어르신을 발견하고는 호기심 가득한 눈을 빛내며 부리부터 들이밀었어요. 어르신이 다급하게 말했어요.

"어어, 잠깐! 우리 같이 작전 좀 세웁시다."

"작전? 무슨 작전이요?"

비둘기가 고개를 갸우뚱했어요. 어르신은 때를 놓치지 않고 비둘기에게 다가가 속닥였지요. 무슨 말을 들었는지 비둘기가 격하게 고개를 끄덕였어요. 그러더니 금세 발가락으로 어르신을 꽉 움켜쥐는 게 아니겠어요? 어르신은 비명이 나오려는 것을 꾹 참았어요.

어르신을 그러쥔 비둘기가 날개를 펄럭이며 힘차게 하늘로 날아올랐어요. 비둘기는 노아의 머리 위를 빙빙 맴돌다 점점 노아에게 가까이 날아갔지요.

푸드덕 소리에 놀란 노아가 비둘기를 올려다보며 소리쳤어요.

"내 머리에 똥이라도 쌌다가는 알아서 해."

노아의 목소리에 어르신이 눈을 부릅떴어요.

"네 이놈, 똥보다 더 무서운 게 뭔지 보여 주지."

어르신이 신호를 보내자, 비둘기가 발가락 힘을 풀더니 어르신을 놓아 버렸어요. 어르신은 번지 점프를 하듯 무서운 속도로 떨어져 내렸지요. 그리고 원하던 위치에 딱, 안착했어요.

“아얏. 우아앙.”

동물원 안에 노아의 울음소리가 울려 퍼졌어요. 어르신은 의기양양하게 노아의 이마 한중간에 떡 붙어 뿌듯한 미소를 지었고요.

“얘들아, 이제 펭귄 있는 구역으로 이동하자.”

선생님 말에 노아는 어쩔 수 없이 뛰기 시작했어요. 시뻘게진 이마에 붙은 어르신을 손으로 꾹 눌러 잡은 채로 말이에요. 어르신은 노아의 손가락 사이를 겨우 비집고 나와 멀어지는 판다 구역을 하염없이 바라보았어요.

“오롱아, 내가 곧 찾으러 갈게!”

같이 갈래?

바깥 상황을 알 리 없는 오롱이의 마음은 온통 눈앞에 있는 판다, 싱싱에게 향해 있었어요. 싱싱은 벌써 같은 말을 몇 번이나 반복하고 있었어요.

"나도 너처럼 여길 탈출하고 싶다고. 도와줘."

오롱이는 더 이상 입을 꼭 다물고 있을 수 없었지요. 가장 궁금한 걸 물었어요.

"왜 여기서 나가고 싶은데?"

"그건…… 위에 때문이야."

돌덩이처럼 가만히 있던 싱싱이 천천히 고개를 돌렸어요. 싱싱의 시선 끝에 또 다른 판다가 있었어요.

"와아, 귀엽다. 대나무 먹는 모습 좀 봐."

위에는 소심한 싱싱과 달리 관람객들의 관심과 칭찬을 독차지하고 있는 활발한 판다였어요. 싱싱이 풀 죽어 있든 말든 위에는 신경 쓰지 않고 자신의 귀여움을 뽐내기 바빴어요.

사육사가 판다들에게 먹이려고 대나무를 한 아름 안고 왔어요. 아직 대나무가 그대로 남아 있는 싱싱의 주변은 지나치고 위에 근처에 대나무를 놓아 주었어요. 위에는 사육사에게 몸을 비비적거리며 애교를 부렸지요. 위에의 행동에 관람객들은 웃음을 터트렸어요.

그 모습을 본 싱싱의 얼굴이 굳었어요. 오롱이는 위에와 싱싱을 번갈아 바라보다 조심스럽게 물었어요.

"네 친구 아냐?"

"처음엔 그런 줄 알았지."

싱싱은 퉁명스럽게 대꾸하곤 위에에게서 시선을 거두었어요. 싱싱의 눈치를 살피던 오롱이가 다시 물었어요.

"혹시 둘 사이에 무슨 일이 있었던 거야?"

"위에는 나를 친구라고 생각하지 않아. 자꾸만 괴롭힌다고."

500

아-흠-

아-
심심해라~
누구 때문에
~~

쿡쿡쿡

500
2013
저 녀석 뭐야!

오롱이는 더는 묻지 못했어요. 싱싱이 아주 확신에 찬 목소리로 말했거든요.

한 무리의 관람객들이 빠져나가자 위에가 싱싱 쪽을 슬쩍 바라보며 기지개를 켰어요. 싱싱은 얼른 콧등 위에 있던 오롱이를 집어 두툼한 자신의 엉덩이 아래로 감춰 주었지요.

“아, 심심해라. 재미없는 누구 때문에.”

위에가 큰 소리로 혼잣말을 했어요.

그래도 싱싱은 입을 꾹 다물고 대꾸하지 않았어요. 이번에는 위에가 입에 물고 있던 대나무로 은근슬쩍 싱싱을 쿡쿡 찔러 댔어요. 뭐가 재밌는지 혼자 큭큭 웃으면서요.

“저 녀석 뭐야! 진짜 나빴어.”

오롱이가 싱싱의 엉덩이를 비집고 나와 싱싱을 편들어 주었어요. 그 말을 듣고 싱싱의 얼굴이 살짝 풀어졌어요.

잠시 후 관람객들이 다시 우르르 몰려왔어요. 그러자 위에는 싱싱에게 관심을 끄고 관람객들의 시선을 끌기 바빴어요. 보란 듯 대나무를 우걱우걱 씹어 대고, 엉덩이를 실룩거리며 걸었지요. 관람객들은 당연히 적극적으로 움직이는 위에 앞으로 몰려들었어요.

오롱이는 싱싱이 왜 위에를 친구가 아니라고 했는지 이해가 되었어요. 힘들 때 함께해 주는 것이 친구라고 했던 어르신 말씀이 떠올랐거든요. 오롱이는 싱싱의 친구가 되어 주고 싶었어요. 오롱이의 꿈은 누군가를 돕는 것이잖아요. 만약 어르신이 이곳에 함께 있었다면 분명 오롱이의 생각을 응원해 주었을 거예요. 갈팡질팡하던 오롱이는 시간이 지날수록 싱싱을 돕고 싶다는 생각이 선명해졌어요.

하늘이 가장자리부터 연보라색으로 물들기 시작했어요. 행운슈퍼를 나와 모험을 시작했던 그날 밤처럼 둥그런 보름달이 하늘 한가운데에 걸려 있었지요. 관람객이 모두 동물원을 빠져나간 후에도 싱싱은 좀처럼 구석에서 움직이지 않았어요.

오롱이가 찬찬히 사육장 안을 살피고 있는데, 아까 대나무를 가져다 준 사육사가 안으로 들어왔어요. 오롱이는 얼른 싱싱의 뒤로 몸을 숨겼지요. 싱싱은 흘끗 사육사를 볼 뿐이었어요. 반면 멀리 있던 위에는 엉덩이를 들썩이며 반응을 보였지요. 사육사는 여느 관람객들처럼 위에를 먼저 챙겼어요.

잠시 후 사육사가 싱싱에게 다가왔어요. 먹지 않아 고스란히 남아 있는 대나무와 축 처진 싱싱의 뒷모습을 걱정스레 바라보았지요. 사육사는 싱싱의 주변을 서성거렸지만, 싱싱은 아무런 행동도 보이지 않았어요. 싱싱에게 가 버린 사육사를 불퉁하게 바라보던 위에는 나무 위로 올라가 잠을 청했고요.

오롱이의 눈과 머리가 바쁘게 굴러갔어요. 싱싱을 돕겠다는 약속을 지킬 때가 왔으니까요. 오롱이는 사육사가 열고 들어온 출입문을 유심히 바라봤어요. 문의 위아래에 걸쇠 두 개가 설치되어 있는 게 눈에 띄었지요.

사육사가 싱싱의 등을 토닥이는 틈을 타 오롱이는 재빠르게 굴러서 출입문 쪽으로 갔어요. 그리고 사육사가 출입문을 나서는 순간, 아슬아슬 닫히는 문틈으로 몸을 밀어 넣었지요.

철커덩. 그대로 문이 닫혔어요. 싱싱이 쓸쓸한 눈으로 사육사와 오롱이가 빠져나간 문을 바라보았어요.

"잘 가, 오롱아."

"나 아직 안 갔는데?"

쏘옥. 오롱이가 헤벌쭉 웃으며 문틈으로 얼굴을 내밀었어요. 어찌나 반가웠는지 싱싱의 눈이 두 배로 커졌어요.

"탈출하고 싶다고 했지?"

"응!"

"같이 갈래?"

"정말? 그런데 왜 나를……."

싱싱이 우물거리자, 오롱이는 부러 씩씩하게 대답했어요.

"십조 어르신께 배웠거든. 어려운 일이 있는 친구는 무조건 돕고 보는 거라고."

달빛을 받은 싱싱의 얼굴에 은은한 미소가 번졌어요.

드디어 밖으로

싱싱에게 큰소리를 쳤지만, 아직 중요한 문제가 남아 있었어요. 꽉 잠겨 있는 걸쇠를 열어야 하는 일이요. 오롱이는 행운 슈퍼 금전 등록기에서 탈출할 때를 생각했어요.

'할 수 있다!'

마음속으로 열심히 주문을 외우며, 아래쪽 걸쇠로 다가갔어요. 오롱이가 머리에 힘을 주며 걸쇠를 들어 올리자 꿈쩍도 않을 것 같던 걸쇠가 조금씩 조금씩 움직이기 시작했어요.

삐걱, 삐거억. 걸쇠가 들썩였어요. 오롱이는 이때다 싶어 더욱 안간힘을 썼지요. 조금만 더, 조금만 더. 털커덩. 드디어 걸쇠가

할 수 있다!

삐걱~~
삐거억!

털커덩

지금이야!

덜커덩!

열렸어요.

"이야, 대단해!"

숨죽이고 지켜보던 싱싱이 입을 벌린 채 박수를 쳤어요. 오롱이는 머리가 엄청 쓰라렸지만, 싱싱이 기뻐하니까 아픈 것도 가시는 듯했어요. 싱싱이 출입문 쪽으로 천천히 몸을 움직였어요.

오롱이의 마음이 급해졌지요. 위쪽에 있는 걸쇠를 마저 열어야 하니까요. 오롱이는 최선을 다해 몸을 공중으로 띄웠어요. 하지만 위쪽 걸쇠에 닿기에는 힘이 턱없이 부족했어요.

부풀었던 희망이 푹 꺼지려는 순간이었어요. 갑자기 불쑥! 오롱이의 몸이 위로 솟아오르는 게 아니겠어요. 게다가 발을 디딘 바닥이 동그랗고 미끌미끌해서 오롱이는 떨어지지 않으려고 바닥을 꽉 붙잡아야 했어요. 그 순간에도 오롱이의 눈은 점점 가까워지는 걸쇠를 향해 있었지요.

"지금이야!"

위쪽 걸쇠에 거의 다다랐을 무렵, 오롱이는 몸을 날려 걸쇠를 들어 올렸어요. 털커덩. 걸쇠가 열림과 동시에 오롱이는 저 아래로 추락하고 말았어요. 그러다 솟구쳐 오른 바닥에 고꾸라졌지요. 오롱이가 몸을 지탱하려고 안간힘을 쓰던 그때, 낯선 목소리가 들렸어요.

“에공, 내 머리 위에 누구요?”

땅이 말을 하다니. 오롱이는 아득해지려는 정신을 겨우 부여잡고 우선 인사부터 건넸어요.

“안녕하세요. 저는 오백 원짜리 동전 오롱이라고 해요.”

“똥이 아니라서 다행이구먼. 자꾸 누가 내 머리에 똥을 싸서 말이오.”

“혹시…… 두더지 아저씨?”

“나를 아는가?”

오롱이는 언젠가 도서관 책꽂이에서 보았던 그림책을 떠올렸어요. 두더지 아저씨 머리 위에 그려진 똥 그림이 재미있어 기억에 깊이 남았거든요.

“그럼요. 유명하시잖아요.”

“내가? 왜?”

놀란 두더지가 고개를 휙휙 돌리는 바람에 오롱이는 두더지의 머리에서 대굴대굴 굴러떨어지고 말았지요.

“엥? 아무도 없잖아. 나이가 드니 환청이 다 들리네.”

눈이 어두운 두더지는 오롱이를 보지 못한 채 다시 땅속으로

내 머리 위에 누구요?

안녕하세요. 저는 오롱이라고 해요.

누가 내 머리에 똥 쌌어?
두더지 아저씨?
나를 아는가?

유명하시잖아요—

고맙습니다
끌렁-끌렁-

괜찮아?
당연하지

이제 제대로 보여 줄게.

오롱아 꽉 잡아

쏙 들어가 버렸어요.

"고맙습니다, 두더지 아저씨."

뒤늦게 자리에서 일어난 오롱이는 꿀렁이는 땅을 보며 허리 숙여 감사 인사를 했어요.

쿵쿵쿵. 싱싱의 발걸음이 점점 빨라졌어요. 출입문 앞에 다다른 싱싱이 엉덩이로 살짝 문을 건드리자, 걸쇠가 모두 풀린 문이 벌컥 열리지 뭐예요. 싱싱은 상처투성이가 된 오롱이를 안쓰럽게 내려다보며 물었어요.

"괜찮아?"

"당연하지! 그런데 넌 밥도 먹지 않았는데, 어디서 그런 힘이 나오는 거야? 나도 분발해야겠는데."

오롱이는 여기저기 상처 난 곳이 아팠지만 몸에 묻은 먼지를 털어 내며 씩씩하게 대답했어요.

"내가 얼마나 늠름한지 이제 제대로 보여 줄게."

싱싱이 오롱이를 향해 한껏 몸을 낮췄어요. 오롱이는 싱싱의 생각을 알아채고, 폴짝 뛰어 싱싱의 어깨 위에 앉았어요.

"오롱아, 꽉 잡아."

싱싱이 움직이기 시작했어요. 낮에 풀 죽어 있던 모습은 온데

간데없고 당당하게 동물원 안을 활보했지요. 오롱이는 흐뭇한 눈빛으로 싱싱을 올려다보았어요.

그러다 퍼뜩 어딘가에서 사라진 자신을 걱정하고 있을 십조 어르신이 생각났어요. 사방으로 눈을 돌려 보았지만 이미 어두워져 제대로 보이지 않았어요. 게다가 동물원 바닥이 어르신 몸처럼 황토색이라 더욱 찾기 힘들었지요.

그런데 싱싱이 얼마 안 가 우뚝 멈춰 섰어요. 조금 전 위풍당당하던 표정은 어디로 가고 의기소침한 얼굴을 하고 말이에요. 오롱이는 묻지 않아도 싱싱의 마음을 알 것 같았어요. 자신도 행운 슈퍼에서 처음 나왔을 때, 바깥세상이 신기하면서도 두려웠으니까요. 오롱이는 어르신에 대한 걱정은 잠시 미뤄 두기로 했어요. 지금은 싱싱을 돕는 게 먼저인 것 같았어요.

오롱이는 싱싱을 응원하고 칭찬해 주고 싶었어요. 예전에 어르신이 자신에게 해 주었던 것처럼요.

"너 진짜 대단하다. 나라면 선뜻 밖으로 나오지 못했을 거야."

"그런가."

싱싱의 얼굴에서 걱정이 조금 날아갔어요.

"밖으로 나오면 어디에 제일 가고 싶었어?"

오롱이의 물음에 싱싱이 까만 눈동자를 요리조리 굴리더니 주저 없이 대답했어요.

"숲."

"좋았어. 같이 숲으로 가자!"

싱싱이 숲을 향해 힘차게 발걸음을 옮겼어요.

오롱이는 자신이 어르신처럼 누군가에게 힘이 되는 말을 했다는 게 내심 뿌듯했어요.

왕눈 씨와 펄럭 씨

십조 어르신의 마음은 이미 새까맣게 타 버렸어요. 노아의 손아귀에서 벗어난 뒤 종일 동물원 안을 굴러다녔지만, 오롱이를 찾을 수 없었어요. 넓디넓은 동물원은 여기가 저기 같고, 저기가 여기 같았지요. 날이 어둑해져서 오롱이를 만나도 못 알아볼까 걱정이 되었답니다. 하지만 오롱이가 동물원 어딘가에서 길을 잃고 떨고 있을 거라 생각하니 잠시도 멈춰 있을 수 없었지요.

끄어억.

"아유, 깜짝이야."

십조 어르신이 어둠 속에서 울어 대는 알 수 없는 동물 소리에

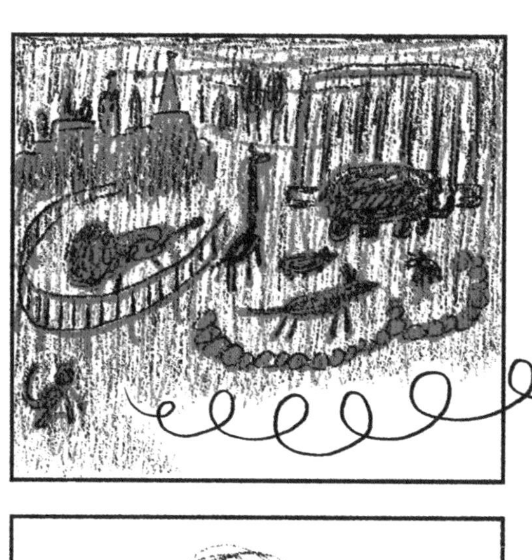

툭

놀라 나자빠졌어요. 등줄기에는 오소소 소름이 돋았지요. 그러고 보니 깜깜해진 동물원은 놀이동산에 있는 귀신의 집 같았어요. 형체를 알 수 없는 얼룩덜룩한 그림자들이 꿈틀거리자, 어르신은 두 눈을 딱 감고 무작정 몸을 대구루루 굴렸어요.

"오, 오롱아, 도대체 어디 있어. 나 혼자 무서워 죽겠다. 못 찾겠다, 꾀꼬리."

두려움에 떠는 어르신 입에서 아무 말이 술술 새어 나왔어요. 그렇게 정신없이 굴러가고 있는데 툭, 뾰족한 무언가와 맞부딪혔어요.

깜짝 놀란 어르신이 살며시 눈을 뜨자 시커먼 눈동자가 눈앞에 떡 버티고 있었어요. 어르신은 저도 모르게 슬금슬금 뒷걸음질을 쳤어요. 그런데 시커먼 눈동자가 줄기차게 어르신을 따라오지 뭐예요.

어르신은 도망치기를 멈추고 정신을 바싹 차렸어요. 오롱이에게는 포기하지 말아라, 최선을 다해라, 잔소리를 늘어놓고서 자신이 이렇게 물러설 수는 없다고 생각하면서요. 마음을 굳게 먹고, 두 눈을 똑바로 뜨고서 눈앞의 동물을 유심히 살폈지요.

기다란 목과 작은 머리가 가장 먼저 눈에 들어왔어요. 다음으로는 몸을 뒤덮고 있는 깃털이 보였지요.
'새인가? 그런데 튼튼한 저 두 다리는 뭐지?'
어르신이 고개를 갸우뚱했어요.
한편 희번덕거리는 큰 눈도 계속 어르신을 관찰하고 있었어요. 어르신은 개에게 물렸을 때가 떠올라 몸에 닭살이 돋았지만 생각을 멈추지 않았어요.
"옳다구나! 타조였어!"
어르신이 무릎을 탁 치자 놀란 타조가 금방이라도 쪼을 듯 부리를 들이댔어요. 궁지에 몰린 어르신이 다급하게 입을 뗐어요.
"아이고, 타조 씨를 여기서 이렇게 만나다니요. 이게 꿈인가 생시인가."
"……?"
"대단히 반가워요. 내가 타조 씨를 보고 싶어서 얼마나 이곳저곳을 헤매고 다녔다고요."
타조가 당황하자 어르신은 더 자신감 있게 밀어붙였어요.
"휘영청 달 밝은 아름다운 밤이네요. 보시다시피 나는 십 원짜리 동전 십조라고 해요. 아프리카 초원을 누비던 타조 씨를 직접 뵙게 되다니 무척 영광입니다."

옳다구나!
타조!

휘영청 달 밝은 ~~
아름다운 밤이네요.
보시다시피 나는 십원
짜리 동전 십조라고 해요~

영국 신사 모자
시력 25

누가 감히 쯧쯧쯧 …

그럼 판다 구역에서 일어난 일도 다 보셨겠네요?

어르신은 덜덜 떨리는 마음을 숨기고 여유로운 척 인사를 건넸어요. 드디어 타조가 부리를 뒤로 빼고 어르신을 가만히 보았어요. 이때다 싶어 어르신은 입을 빠르게 움직였어요.

"당신의 깃털을 옛날 영국 신사들이 모자에 꽂고 다녔다더니 역시 멋지네요. 허허허."

칭찬이 쏟아지자 타조는 경계를 풀고 입을 열었어요.

"호호호. 듣던 중 반가운 소리네요. 날지 못하는 새라고 놀림만 당했는데, 제 진가를 알아봐 주다니 고마워요."

"누가 감히 타조 씨에게 그런 헛소리를……. 쯧쯧쯧."

어르신은 보란 듯이 혀를 끌끌 찼어요.

"저는 왕눈이라고 해요. 이 동물원에서 눈이 가장 밝아서 못 보는 것이 없지요. 시력이 25라면 믿으시려나. 눈 좋기로 유명한 매도 시력이 9밖에 안 된다고요. 시력이 1점대인 인간이랑은 비교할 수가 없고요."

왕눈 씨가 잠시 말을 멈추고 어깨를 으쓱했어요. 어르신은 열심히 맞장구를 치며 기회를 놓치지 않았지요.

"왕눈이라는 이름에 걸맞게 역시 대단하십니다. 그렇게 눈이 좋으면 낮에 판다 구역에서 일어난 일도 다 보셨겠네요?"

"그럼요. 보다마다요. 체험 학습 온 아이 하나가 오백 원짜리 동전을 판다에게 던진 거 같던데. 애들이야 뭐, 다 장난치면서 크는 거니까요. 우리가 이해해야죠."

어르신은 오롱이 얘기가 나오자 기다렸다는 듯이 물었어요.

"그래서 우리 오롱이는 지금 어디에 있습니까? 아직 판다 구역에 있나요?"

그런데 왕눈 씨는 조금 전과 달리 우물거리며 대답을 하지 못했어요. 어르신이 바짝 다가가 간절한 눈빛을 보내자 어쩔 수 없다는 듯 다시 입을 뗐지요.

"그게요…… 제가 어두운 밤에는 거의 보지 못해서요, 쩝."

곧 오롱이를 만날 수 있을 거라고 고대했던 어르신의 마음이 덜컹 내려앉고 말았어요. 몸도 마음을 따라 털썩 주저앉았어요. 보다 못한 왕눈 씨는 자신이 아는 것을 소상히 알려 주었어요.

"판다 싱싱이랑 사이좋게 잘 있던데요. 싱싱이 워낙 낯을 많이 가리는 아이인데, 동전하고는 도란도란 이야기를 잘 나누는 것 같더라고요."

그제야 십조 어르신은 겨우 안심이 되었어요. 어르신의 눈치를 살피던 왕눈 씨가 조심스럽게 말을 꺼냈어요.

"우선 싱싱에게 가 보시는 게 어떨까요?"

말이 떨어지기가 무섭게 어르신이 자리를 박차고 일어났어요. 이대로 포기하는 건 부끄러운 일이니까요.

'포기는 배추 셀 때나 하는 거잖아요.'

어르신은 예전에 오롱이가 했던 농담을 떠올리며 주먹을 불끈 쥐었어요. 그러고는 왕눈 씨에게 작별 인사를 했어요.

아름드리 느티나무를 지나고, 알록달록 전구로 예쁘게 꾸며진 터널을 통과하니 고운 빛깔의 홍학들이 보였어요. 어르신은 선 채로 몸통 사이에 목을 집어넣고 자는 홍학들 사이를 열심히 구르고 또 굴렀어요.

어느 순간, 쿵! 어르신은 딱딱한 벽에 부딪혀 정신을 잃고 말았어요. 얼마나 시간이 흐른 걸까요. 부드럽고 긴 무언가가 어르신을 흔들어 깨웠어요.

"그만 정신 차리게."

어르신이 겨우 눈을 떴어요. 하지만 눈앞의 광경을 보고는 다시 까무러치고 말았어요. 아니, 까무러치는 척해야 했어요. 크기를 가늠할 수 없는 거대한 코끼리 한 마리가 떡하니 서 있었거든요. 어르신을 흔들어 깨운 건 다름 아니라 코끼리의 기다란 코였지요.

"이건 꿈일 거야. 아니야, 꿈이어야 해."

어르신이 정신을 못 차리고 중얼거렸어요. 보다 못한 코끼리가 친근하게 다시 말을 붙였지요.

"미안하지만, 이건 꿈이 아닐세. 본의 아니게 가던 길을 방해해서 미안하네."

어르신은 그제야 슬그머니 눈을 떴어요. 생각보다 코끼리의 얼굴이 인자해 보여 마음이 놓였어요. 어르신이 정신을 차리자 이를 알아챈 코끼리가 자신을 소개했어요.

"나는 펄럭이라고 하네. 이 동물원에서 꽤 오랫동안 있었지만, 십 원짜리 동전을 만나는 건 정말 오랜만이야."

펄럭 씨가 반갑다는 듯 큰 귀를 펄럭거렸어요. 어르신은 시원한 바람 덕분에 땀과 열기를 식히고 자리에서 일어날 수 있었답니다.

"고맙습니다. 코끼리 씨를 이렇게 직접 뵙는 건 처음이라 경황이 없었네요. 저는 십조라고 합니다."

어르신은 자기보다 나이가 많아 보이는 펄럭 씨를 향해 깍듯이 인사했어요. 펄럭 씨도 십조 어르신을 보며 어슴푸레 웃어 보

10

긁적 긁적

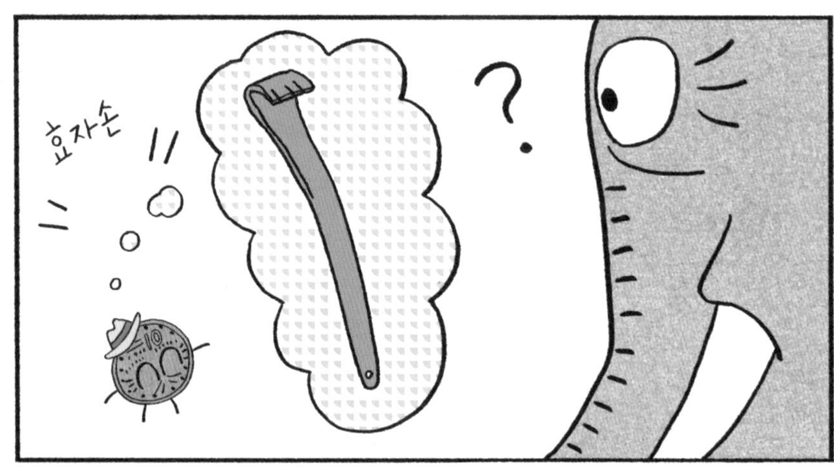
효자손
?

였지요. 하지만 어디가 불편한지 얼굴을 자꾸 찡긋댔어요. 이를 본 어르신이 조심조심 물었어요.

"혹시 어디 아프신 데라도……?"

"나이가 드니 등이 가려워서 통 깊은 잠을 잘 수가 없어. 하도 간지러워서 이리저리 돌아다니다가 자네를 툭 건드리고 말았지 뭐야."

가려워서 코를 등 뒤로 휘둘러 대는 펄럭 씨를 보고 있자니, 어르신은 마음이 짠했어요. 동시에 자신의 등이 간지러울 때마다 오롱이가 긁어 주던 기억이 떠올라 오롱이가 더욱 보고 싶어졌지요. 누군가에게 도움을 줄 수 있는 동전이 되자며 오롱이와 서로를 부둥켜안던 모습이 생생하게 머릿속에 그려졌어요.

십조 어르신이 불쑥 말을 꺼냈어요.

"제가 오늘 밤 당신의 효자손이 되어 드릴게요."

"효자손? 그게 뭐지?"

"그러니까…… 뭐라고 설명을 해야 하나…… 그냥 저를 등 위에 올려만 주세요."

펄럭 씨는 휘둥그레진 눈으로 어르신을 바라보다가 천천히 코를 뻗었어요. 그리고 부드럽게 어르신을 코로 감싸 쥐더니 자신의 등 쪽으로 향했지요. 어르신은 펄럭 씨의 등에 가까워지자 폴짝 등 위로 뛰어내렸어요.

어르신이 숨을 몇 번 고르고는 펄럭 씨 등 위를 구석구석 구르기 시작했어요. 펄럭 씨의 등은 생각보다 광활했어요. 끝이다 싶어서 한숨을 돌리려고 보면 아직 한참이나 긁을 곳이 남아 있어 당황한 게 한두 번이 아니었다니까요. 그래도 어르신은 부지런히 펄럭 씨의 등 위를 돌아다니며 긁고 또 긁었어요. 펄럭 씨는 오랜만에 느껴 보는 시원함에 눈이 스르르 감겼어요.

달밤의 진실 게임

“고맙네, 십조. 혹시 내가 도울 일이 있다면 돕고 싶은데.”

펄럭 씨가 나른한 목소리로 십조 어르신에게 인사했어요. 이때다 싶어 어르신은 잽싸게 굴러서 펄럭 씨의 귀에 다다랐지요. 그러고는 사정을 솔직하게 털어놓았어요.

“소중한 오롱이를 잃어버려서 지금 애타게 찾고 있는 중이에요. 판다와 함께 탈출을 했다는데, 어디에 있을지 몰라 답답하기만 합니다.”

말을 마친 어르신은 참고 참았던 눈물이 솟구쳤어요. 불안하고 속상했던 마음이 한꺼번에 몰려와 도무지 주체할 수가 없었

오롱이!

탈출?

지요. 펄럭 씨가 코를 들어 어르신을 토닥여 주었어요.

"자네도 알다시피 어리다고 약하진 않다네. 스스로를 지킬 수 있는 힘은 다 가지고 있는 거야."

펄럭 씨의 말은 어르신에게 큰 위로가 되었어요. 눈물을 꾹 참고 마음을 다잡았지요.

그때였어요. 펄럭 씨가 무언가 생각난 듯 말을 꺼냈어요.

"오롱이라고 했나? 분명히 어디서 들어 본 이름인데……."

"네? 어디서요?"

"가만있어 보자. 맞다! 싱싱이랑 이야기하는 걸 들었네."

어르신은 안달이 났어요. 펄럭 씨의 귀가 괜히 크지 않다는 걸 잘 알고 있었으니까요. 펄럭 씨는 사십 킬로미터 떨어진 곳에서 나는 빗소리도 들을 수 있는 능력자였어요.

"펄럭 씨, 무슨 얘기를 들었는지 빨리 좀 말씀해 주세요."

펄럭 씨가 다시 입을 움직였어요.

"그게 말이야, 둘이 탈출 어쩌고 했던 거 같은데."

"탈출이요?"

어르신은 너무 놀라 눈, 코, 입이 동시에 벌어졌어요. 탈출이라니요. 어르신은 힘이 쭉 빠져 털썩 주저앉고 말았지요.

"숲인가 강인가로 간다고 한 거 같은데 가물가물해. 나이가 드니 기억력이 영 신통치 않아서 말이야."

"……."

어르신은 할 말을 잃었어요. 숲이나 강이라니. 그건 동물원을 떠났을 수도 있다는 말이잖아요. 펄럭 씨는 걱정 가득한 십조 어르신의 마음을 아는지 모르는지 전혀 다른 방향으로 이야기를 이어 갔어요.

"사실 싱싱이 위에의 텃새 때문에 마음고생을 좀 하고 있거든. 위에도 원래 그런 애가 아니었는데, 둘이 뭐가 문제인 건지……."

"심심이고 자시고, 위에인지 아래인지는 중요하지 않고요! 그래서 우리 오롱이가 지금 숲으로 갔다는 겁니까? 강으로 갔다는 겁니까?"

얼굴이 시뻘겋게 달아오른 어르신이 소리를 내질렀어요. 당황한 펄럭 씨가 코로 볼을 긁적이며 말끝을 흐렸어요.

"그걸 내가 알면 벌써 자네에게 말했겠지……."

혹시나 하고 기대했던 마음은 끝도 없이 푹 꺼졌어요. 도대체 오롱이는 이렇게 어두컴컴한 밤에 동물원을 나가 어디에 있는

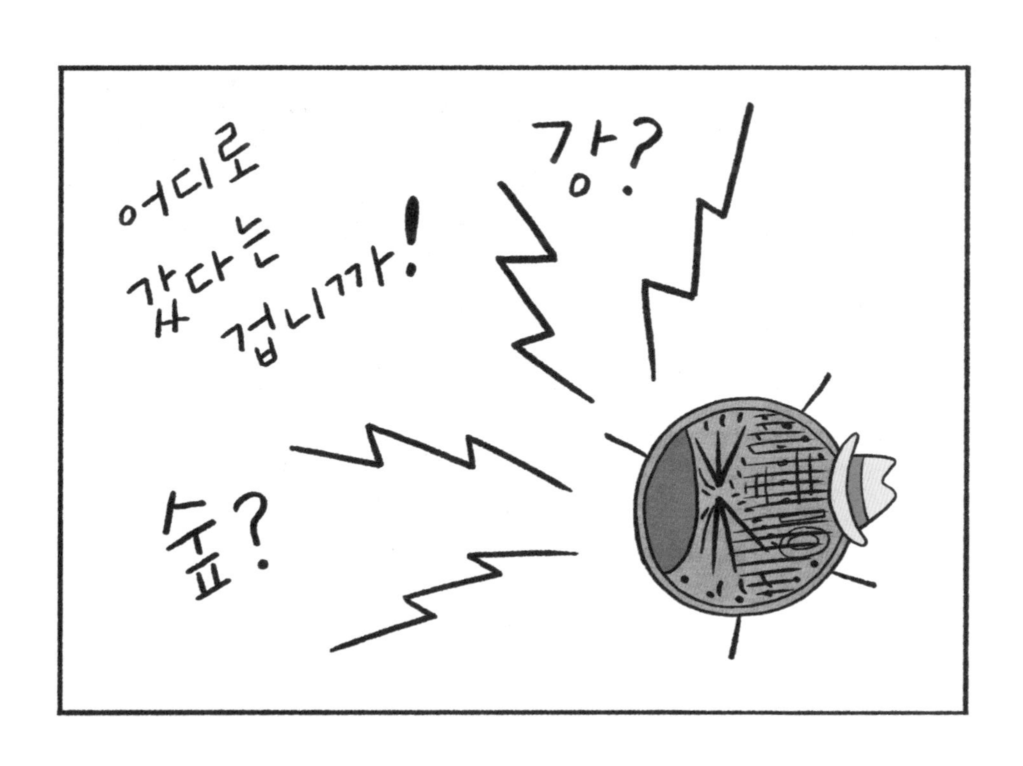
어디로
갔다는
겁니까!
강?
숲?

걸까요. 어르신은 가슴이 미어졌어요.

"오롱아, 어디 있니이이이."

어르신의 애절한 외침이 고요한 동물원 안을 돌고 돌아 다시 어르신에게로 돌아왔어요. 펄럭 씨의 만류에도 불구하고 어르신은 눈물 콧물을 매달고 오롱이를 찾아 동물원 밖으로 내달렸답니다.

숲속의 밤은 기이했어요. 각양각색의 나뭇가지와 나뭇잎들이 만들어 낸 괴상한 그림자들이 어둠 속에서 불쑥불쑥 튀어나왔어요. 오롱이는 의기양양하게 싱싱을 동물원 근처 숲으로 안내했지만 소슬한 분위기에 괜히 말이 없어졌어요.

반면 싱싱은 오히려 숲에 들어서자 표정이 한결 편안해 보였어요. 놀이터에 놀러 온 듯 호기심 어린 눈으로 이곳저곳을 탐색했지요. 그러더니 용케 대나무를 찾아내 우걱우걱 맛있게 씹어댔어요. 덕분에 오롱이는 두려운 마음은 잠시 잊고 흐뭇하게 싱싱을 지켜보았어요.

어느 정도 배를 채운 싱싱이 철퍼덕 앉아 불룩해진 배를 두드렸어요. 오롱이는 싱싱의 배 위로 굴러갔어요. 그러자 갑자기 싱

싱이 장난스럽게 배를 펑펑 두드려 댔어요. 오롱이는 트램펄린*
위에서 점프하듯 공중으로 붕 떠올랐다 떨어지길 반복했어요.
오롱이가 멋지게 공중회전을 보여 주자 싱싱이 크게 소리 내어
웃었어요. 오롱이도 싱싱을 따라 실컷 웃었어요.

싱싱이 기분 좋게 풀밭에 드러누웠어요. 오롱이도 폭신한 싱
싱의 배 위에 자리를 잡고 누웠어요. 둘은 함께 하늘을 바라보았
어요. 쏟아져 내릴 것같이 수많은 별들이 하늘에 박혀 있었어요.

오롱이 입에서 절로 감탄사가 새어 나왔어요.

"우아, 이렇게 많은 별들이 하늘에 있었다니!"

"참 예쁘지? 맞다, 내 이름이 한국말로 별이라는 뜻이야."

"정말? 진짜 예쁜 이름이다."

싱싱과 오롱이는 한동안 말없이 하늘을 바라보았어요. 이런저
런 생각들이 마음속에 별처럼 떠올랐다 가라앉았지요. 긴 침묵
끝에 오롱이가 먼저 입을 열었어요. 이곳에 오는 내내 궁금했던
걸 묻기로 한 거예요.

"싱싱아, 도대체 그곳에서 왜 탈출하고 싶었던 거야?"

잔잔하던 싱싱의 가슴이 새근새근 가쁘게 뛰었어요. 오롱이는

* 트램펄린 : 스프링이 달린 매트 위에서 뛰어오르거나 공중회전을 하는 체조 경기 또는 그 경기에 쓰는 기구

복잡한 싱싱의 생각이 정리될 때까지 기다려 주었어요. 드디어 싱싱이 자신의 이야기를 풀어놓았어요.

“난 얼마 전 중국에서 한국으로 왔어. 여기가 너무 낯설었는데, 위에라는 친구를 만나 재미있고 신나는 시간을 보냈지. 처음에는 위에가 나에게 참 잘해 주었거든.”

“그런데?”

“어느 날인가부터 위에가 달라졌어.”

“어떻게?”

“나를 짓궂게 놀려 대고, 자기 마음대로 행동하면서 내 마음을 아프게 했어.”

“갑자기 왜?”

“그건…… 나도 몰라.”

오롱이는 마음이 아렸어요. 싱싱이 얼마나 외롭고 힘들었을지 짐작이 되었거든요. 가깝고 친하다고 생각했던 친구에게서 상처를 받으면 훨씬 아플 테니까요. 곰곰 생각하던 오롱이는 조심스레 또 다른 질문을 던졌어요.

“위에에게 이런 네 마음을 이야기해 봤어?”

싱싱은 아무 말이 없었어요. 하늘을 바라보던 오롱이가 싱싱

의 눈을 가만히 들여다보았어요. 그렇게 한참 뜸을 들이다 진심을 다해 자신의 이야기를 꺼냈지요.

“외국 동전 유라를 만났을 때 일이야. 잘난 척하고 쌀쌀맞은 녀석인 줄 알았는데, 알고 보니 낯선 곳에서 길을 잃고 두려워서 그랬던 거더라고. 내가 오해한 부분도 있었고.”

“그래서 지금은?”

“좋은 친구가 되었지. 만약 그때 유라와 마음을 터놓고 대화하지 않았다면, 지금도 그 친구 때문에 속상하고 마음 아파했을지도 몰라.”

싱싱이 말없이 고개를 떨구었어요. 오롱이는 안타까운 눈으로 싱싱을 바라볼 수밖에 없었지요.

게 섰거라, 이놈들!

전속력으로 때굴때굴 구르던 십조 어르신이 드디어 동물원 출구에 다다랐어요.

"그래, 어디든 가 보는 거야. 기다려라, 오롱아아아!"

어르신이 다시 한번 마음을 단단히 먹고 동물원 밖으로 나서려는데, 땅이 사정없이 흔들렸어요. 곧이어 바닥이 여기저기 갈라지고 무언가 볼록 솟아오르는 게 아니겠어요.

'이게 말로만 듣던 지진이구나. 오롱이도 못 만나고 이렇게 죽다니…….'

그런데 그때 희미한 목소리가 귓가에 들려왔어요.

"또 누가 내 머리를 밟고 있는 것이오?"

십조 어르신은 간신히 정신을 차리고 발아래를 얼른 내려다보았어요. 어두운 갈색빛 짧은 털로 둘러싸인 동그란 머리가 보이지 뭐예요.

"아이고, 두더지 씨! 대단히 감사합니다."

어르신 입에서 절로 인사가 나왔어요. 얼마나 다행인지 몰라요! 지진이 나서 땅이 무너진 게 아니라 두더지의 머리 위였으니까요. 하지만 어르신의 마음을 알 리 없는 두더지는 냅다 호통부터 쳤어요.

"내가 눈이 잘 안 보여서 장난치는 거라면 이제 그만하시오!"

"장난이라니요. 지진이 나서 죽는 줄 알았는데, 두더지 씨가 절 살리신 거예요."

"뭐라고요? 요즘 자꾸 헛소리가 들려서, 원. 하여튼 당신이 똥은 아니란 말이죠?"

어르신은 두더지에게 넙죽 자기소개를 했어요.

"저는 십 원짜리 동전 십조라고 합니다. 절대 똥은 아니고요."

"그럼 됐소. 나는 큰손이라고 해요."

큰손 씨가 안심을 한 듯 편안하게 대답했어요.

"큰손 씨, 반갑습니다."

"그나저나 어딜 그렇게 급히 가는 길이셨소? 어찌나 빨리 구르던지 땅이 다 울리던데."

어르신은 큰손 씨가 진동을 알아채는 감각이 뛰어나다는 걸 익히 알고 있었지요. 큰손 씨는 땅속에서 지내는 탓에 시력이 약한 대신 다른 감각은 뛰어났어요.

"싱싱이라는 판다와 함께 동물원을 탈출했다는 오롱이를 찾고 있습니다."

"방금 싱싱이라고 했소?"

큰손 씨의 자그마한 눈이 번뜩 떠졌어요. 덩달아 어르신도 눈

쿵~ 쿵~ 쿵~

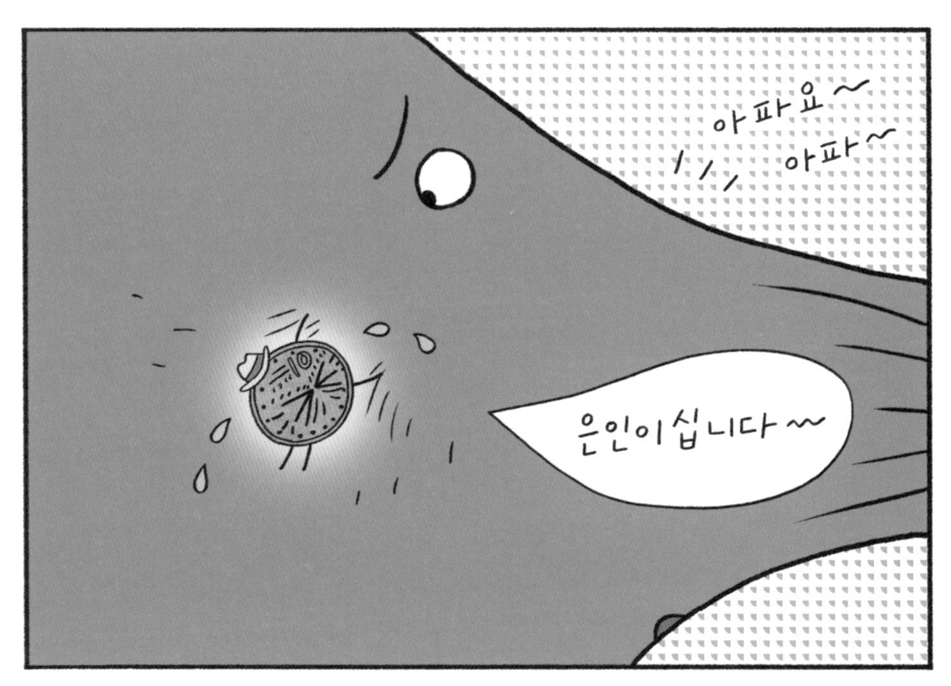
아파요~
아파~
은인이십니다~~

에 힘을 주며 물었지요.

"맞아요. 그런데 왜 그러십니까?"

"내가 지금 그놈을 찾으러 가는 길이라서요."

"뭐라고요?"

"어찌나 쿵쿵거리며 걷는지 힘들게 만든 내 집을 다 부숴 놓았지 뭡니까."

어르신이 마른침을 꼴깍 삼키며 다급하게 되물었어요.

"저기, 그러니까 싱싱이 큰손 씨의 집 위를 지나갔다는 말씀이시지요?"

"그렇다니까요."

"그럼 큰손 씨는 지금 싱싱을 쫓아가는 중이시고요?"

"그런데요?"

어르신이 큰손 씨의 머리를 와락 끌어안았어요. 누구보다 진동에 민감한 큰손 씨라면 분명 싱싱이 간 방향을 정확히 알고 있을 거예요. 어르신이 울먹이며 말했어요.

"큰손 씨는 저의 은인이십니다. 이렇게 대단한 능력자를 만나다니, 하늘이 역시 저와 오롱이를 돕는 모양입니다."

"아파요, 아파. 그렇지 않아도 요즘 탈모 때문에 걱정인데, 그러다 머리털 다 빠진다고요."

영문을 모르는 큰손 씨는 어르신을 타박했어요. 어르신은 큰손 씨에게 오롱이를 잃어버린 애달픈 사연을 털어놓았어요. 그제서야 큰손 씨는 어르신이 왜 자신을 은인이라고 했는지 이해했어요.

"진동이 멀어지면 놓칠 수도 있어요. 어서 가야 해요."

"큰손 씨, 제가 눈이 되어 드릴 테니 저와 함께 싱싱과 우리 오롱이를 찾으러 가시겠습니까?"

"벌써 그러고 있는 중 아닙니까. 허허."

"저에게 큰손 씨는 마음이 멋진 큰마음 씨입니다."

쑤욱, 부끄러웠는지 얼굴이 벌게진 큰손 씨가 어르신을 머리에 매달고 얼른 땅속으로 들어갔어요. 그리고 덜덜덜덜, 땅굴을 파기 시작했지요. 어르신은 눈에 흙이 들어오건 말건 두 눈을 부릅뜨고 주변을 살폈어요. 오롱이를 만날 수 있기를 오매불망* 기도하면서요.

어느덧 시간이 흘러 둥근 보름달이 동쪽으로 기울고 있었어

* 오매불망 : 자나 깨나 잊지 못하여.

큰마음 써!~

덜덜 덜덜~~ 덜덜~

요. 싱싱은 풀밭에 턱을 괴고 엎드린 채 아무 말이 없었어요. 눈에는 고민이 가득해 보였지요. 오롱이가 쪼르르 싱싱 곁으로 다가가 싱싱의 팔을 톡톡 두드렸어요. 싱싱의 눈이 천천히 오롱이에게 향했어요.

"네 말이 맞을지도 몰라. 난 그저 위에를 피하고만 싶었거든."

"나라도 그랬을 거야."

"위에랑 대화를 해 봐야겠어. 도대체 나한테 왜 그랬는지, 나를 친구로 생각하긴 한 건지."

"좋은 생각이야. 같이 가서 물어보자."

오롱이가 기다렸다는 듯 싱싱의 어깨로 뛰어오르자, 싱싱이 벌떡 자리에서 일어났어요.

바로 그때였어요.

“게 섰거라, 이놈들!”

땅속에서 튀어나온 어르신과 큰손 씨가 목이 터져라 고함을 쳤어요. 얼마나 소리가 큰지 숲속의 나무들이 흔들릴 정도였다니까요. 아니, 나무가 아니라 나뭇잎이요.

싱싱과 오롱이가 동시에 소리 나는 쪽을 보았어요. 그곳에는 눈을 매섭게 치켜뜬 큰손 씨와 큰손 씨 머리 위에서 잔뜩 화가 나 있는 어르신이 있었지요. 모두 한곳을 노려보면서요. 그건 바로 싱싱이었어요.

"내 집을 망가뜨린 놈!"

"우리 오롱이를 데려간 놈!"

큰손 씨와 어르신이 어리둥절해하는 싱싱을 향해 무턱대고 돌진했어요.

그러다 끼익! 오롱이가 굴러와 둘 앞을 떡하니 가로막는 바람에 갑자기 멈춰 서야 했어요.

"두 분, 우선 제 말 좀 들어 보세요."

큰손 씨가 큰 손을 휘두르며 오롱이를 다그쳤어요.

"어서 비켜라. 난 싱싱에게 따질 게 있어서 온 거야."

오롱이도 물러서지 않았어요.

"싱싱에게 말 못 할 사정이 있었다는 걸 지금 말씀드리려는 거예요."

"사정? 무슨 사정?"

격앙되었던 큰손 씨의 목소리가 한풀 누그러졌어요.

오롱이는 놀란 싱싱을 대신해 그간의 속사정을 털어놓았어요. 얼마 전 중국에서 이곳으로 오게 된 싱싱이 낯선 환경에서 친구라고 생각했던 위에에게서 마음의 상처를 입고 탈출할 수밖에 없었다는 것을요.

가만히 듣고 있던 큰손 씨와 어르신이 고개를 끄덕였어요. 둘은 곧이어 축 처진 싱싱의 어깨를 바라보았지요. 큰손 씨가 한결 부드러워진 목소리로 말했어요.

"당장은 힘들겠지만, 다 그렇게 싸우면서 크는 거야. 안 그래요, 십조 씨?"

"그럼요. 저도 엄청 싸워서 이렇게 잘 큰걸요. 크크."

십조 어르신이 스스로를 손가락으로 가리키며 거들었어요.

오롱이가 활짝 웃으며 어르신에게 와락 안겼어요.

"역시 어르신의 유머는 최고예요. 그 농담이 얼마나 그리웠다고요."

"나도 내 얘기에 웃어 주는 네가 무진장 보고 싶었다."

둘은 서로 얼싸안고 기쁨의 눈물을 흘렸어요. 그 모습을 옆에서 지켜보던 큰손 씨는 찔끔 나온 눈물을 얼른 큰 손으로 닦아 냈답니다.

큰손 씨는 이름을 바꿔야 ―
'큰마음' 씨로~

허허허
하하하
하하하

“다들 저 때문에…… 죄송해요.”

싱싱이 고개를 푹 숙여 사과의 인사를 건넸어요.

“망가뜨린 큰손 씨의 집은…….”

“어서 가서 위에랑 문제부터 해결하렴. 힘은 들겠지만, 집이야 또 지으면 되는 거니까.”

“이것 보세요. 큰손 씨는 이름을 바꿔야 한다니까요. 큰마음 씨로요. 허허허.”

어르신의 말에 오롱이가 존경의 눈빛으로 큰손 씨를 올려다보았어요. 큰손 씨는 멋쩍은 듯 웃음을 터트리더니 땅속으로 재빨리 사라져 버렸지요. 십조 어르신, 오롱이 그리고 싱싱의 웃음소리가 숲속에 울려 퍼졌어요.

다시 친구

싱싱이 양어깨에 나란히 십조 어르신과 오롱이를 태우고 동물원 안으로 들어섰어요. 어르신은 줄곧 굴러다니느라 피곤했는지 드르렁드르렁 코를 골며 깊은 잠에 빠져 있었지요. 어르신의 코 고는 소리에 싱싱과 오롱이는 피식피식 웃음이 터졌어요.

그런데 판다 구역에 가까워질수록 어쩐지 싱싱의 발걸음이 느려지지 뭐예요. 자신감은 사라지고 걱정이 자꾸 싱싱의 발목을 잡아 세우는 것 같았어요.

이를 눈치챈 오롱이가 자분자분 유라와의 일을 이야기해 주었어요.

기쁨 동물원
드르렁
드르렁
ㅋㅋㅋ-

어디 갔었던 거야?
다친 데는...
?

“유라가 얼마나 자존심이 셌냐면, 한마디도 지는 법이 없었어. 또 잘난 척은 얼마나 심했는지.”

“…….”

“그런데 우리가 어떻게 친구가 됐는 줄 알아?”

“……?”

“잘 싸운 만큼 잘 화해해서야.”

마침내 판다 구역이 눈에 보였어요. 어? 활짝 열린 출입문 앞에 검은 그림자가 서성이고 있지 뭐예요. 그건 다름 아니라 위에였어요. 오롱이는 이제 둘만의 시간이 필요할 거라고 생각했어요. 어르신을 깨운 다음 싱싱의 어깨 위에서 내려와 자리를 피해 주었지요.

싱싱이 민망한 듯 어색하게 다가가자 위에가 헐레벌떡 달려왔어요. 그러고는 쉴 새 없이 하고 싶었던 말을 쏟아 냈어요.

“어디 갔었던 거야? 다친 데는 없고? 네가 없어서 얼마나 무서웠는 줄 알아?”

“좋았던 건 아니고?”

싱싱이 마음과 다르게 불퉁한 말을 내뱉었어요. 그러자 위에가 맞받아쳤지요.

“그게 무슨 말이야?”

“언제부턴가 너는 나에게 장난만 치고, 날 놀리고, 날 싫어했잖아.”

싱싱의 말을 들은 위에의 얼굴이 얼음처럼 굳었어요. 위에와 싱싱 사이에 끝날 것 같지 않은 침묵이 흘렀지요. 지켜보는 오롱이와 어르신의 손에 땀이 날 정도였다니까요.

위에가 결심이 선 듯 입을 열었어요.

“널 질투했던 건 사실이야. 넌 나보다 몸집도 크고 눈 주위의 까만 털도 더 동그랗고 귀까지 잘생겼잖아.”

“뭐?”

전혀 예상치 못한 이야기인 듯 싱싱은 놀란 표정을 지었어요.

“처음에는 그런 너랑 친구가 되어서 좋았는데, 나중엔 사람들이 너만 좋아할까 봐 걱정이 되더라.”

“……!”

“하지만 맹세코 널 싫어한 적은 단 한 번도 없어. 내가 널 싫어하다니, 그건 오해야.”

가만히 듣고만 있던 싱싱도 속에 쌓아 두었던 서운함을 터트렸어요.

"나는 네가 나를 괴롭힌다고 생각했어. 내가 싫다고 해도 너는 계속 네가 하고 싶은 대로만 했잖아."

"그건 장난친 건데……. 난 그냥 너랑 친해지고 싶었어."

"나는 너 때문에 정말 불편하고 힘들었어! 어떻게 그런 너를 친구라고 생각할 수 있었겠어?"

싱싱의 눈에 그렁그렁 눈물이 맺혔어요. 위에의 눈도 당혹스러움으로 가득했지요. 언제나 그랬듯 싱싱이 먼저 자리를 피하려고 몸을 움직였어요. 그러자 위에가 싱싱을 막아섰어요. 그리고 힘겹게 속엣말을 꺼냈지요.

"그렇게 생각했다면…… 미안해."

잠시 머뭇대던 싱싱이 위에를 그대로 밀치고, 나무 위로 올라가 버렸어요. 위에는 고개를 떨군 채 터벅터벅 자기 자리로 돌아갔어요.

둘을 걱정스레 바라보던 오롱이가 어르신에게 물었어요.

"이제 싱싱이랑 위에는 어떻게 될까요?"

어르신이 긴 한숨을 쉬고 하늘을 올려다보며 말했지요.

"싱싱의 이름은 별이란 뜻이고, 위에 이름 뜻은 달이잖니. 별과 달은 떼려야 뗄 수 없는 사이지. 안 그러냐?"

오롱이도 어르신을 따라 하늘을 바라봤어요. 동쪽으로 떨어지려는 달 옆에 밝은 별 하나가 빛나고 있었지요.

날이 밝았어요. 사육사가 판다 구역의 출입문이 활짝 열린 것을 보고 깜짝 놀라 허둥댔어요. 다행히 아무 일 없다는 듯 대나무를 우걱우걱 씹어 대고 있는 싱싱과 위에를 보고는 마음을 놓았지요.

"내가 어제 문을 안 걸고 나갔나……."

사육사가 머리를 긁적이며 판다 구역을 나섰어요.

그때 싱싱이 슬금슬금 위에의 눈치를 살폈어요. 그러고는 위에 쪽으로 대나무 한 줄기를 툭 내려놓았어요.

"너 먹어. 그래야 나처럼 덩치가 커지고 멋있어지지."

위에의 눈에 커다란 물음표가 걸렸어요.

"난 어제 숲에서 대나무를 많이 먹어서 아직도 배가 불러서 말이야."

싱싱이 아무렇지 않게 말하자 위에의 눈에 있던 물음표가 느낌표로 바뀌었지요.

"뭐? 숲에 갔다고? 어땠어?"

너 먹어

뭐? 숲에 갔다고?

기쁨 동물원
10
1966
2013
500

"다음에 같이 가든가 말든가. 짓궂은 장난만 안 친다면 데려가 줄게."

싱싱이 부러 거드름을 피우며 대답했어요. 하지만 위에는 활짝 웃어 보였어요. 둘은 아주 오랜만에 서로의 얼굴을 보고 한참 웃을 수 있었어요.

십조 어르신과 오롱이는 조용히 판다 구역을 빠져나왔어요. 싱싱이 오롱이를 향해 손을 흔들었지요.

"나에게 도움을 준 왕눈 씨, 펄럭 씨 그리고 큰손 씨를 일일이 찾아뵙고 작별 인사라도 해야 하는데."

어르신이 동물원을 나서기 전 호들갑을 떨었어요.

"어르신, 이제 곧 관람객이 들이닥칠 시간이에요. 어서 가야 해요."

오롱이는 애절한 눈으로 동물원을 둘러보는 어르신을 잡아끌었어요. 오롱이가 앞장을 서자 어르신도 상쾌한 아침 공기를 가르며 뒤를 따랐어요.

뻥
성격이 저 모양이니
친구가 없지~~
500
10

500
500

500
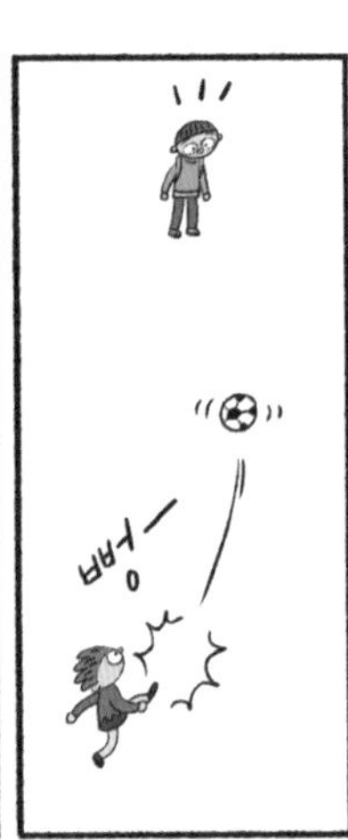
뻥-

어제는

장난쳐서 미안했어!
널 놀리려고 그런 건 아니야!
같이 놀고 싶어서 그런 거지.
같이 축구 할래?

지는 사람이
아이스크림 사기다!
슉

하하하
하하하

이 모습이 보고 싶었던 거구나.

친구 때문에 웃고 울 나이지~
그런가요?

모른 척은! 너도 유라랑 티격태격…

!

같이 가~
허허허허

친구와 좋은 관계 이어 가기

친하게 지내고 싶은 친구가 있나요? 아니면 잘 지내다가 조금 어색해진 친구는요? 노아나 판다 위에처럼 괜히 장난치고 집적대는 것보다 내가 그 친구에게 해 줄 수 있는 일들을 찾아 하나씩 실천해 보는 건 어떨까요?

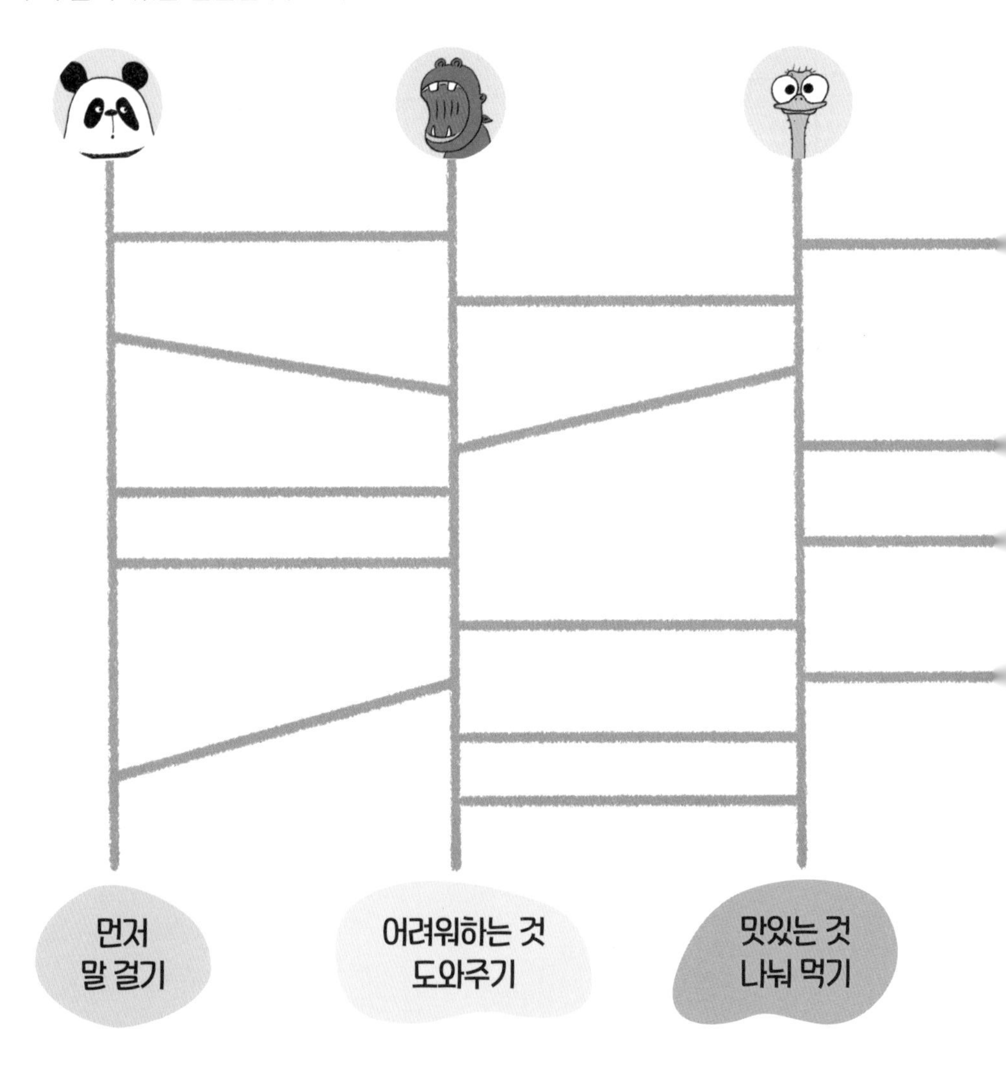

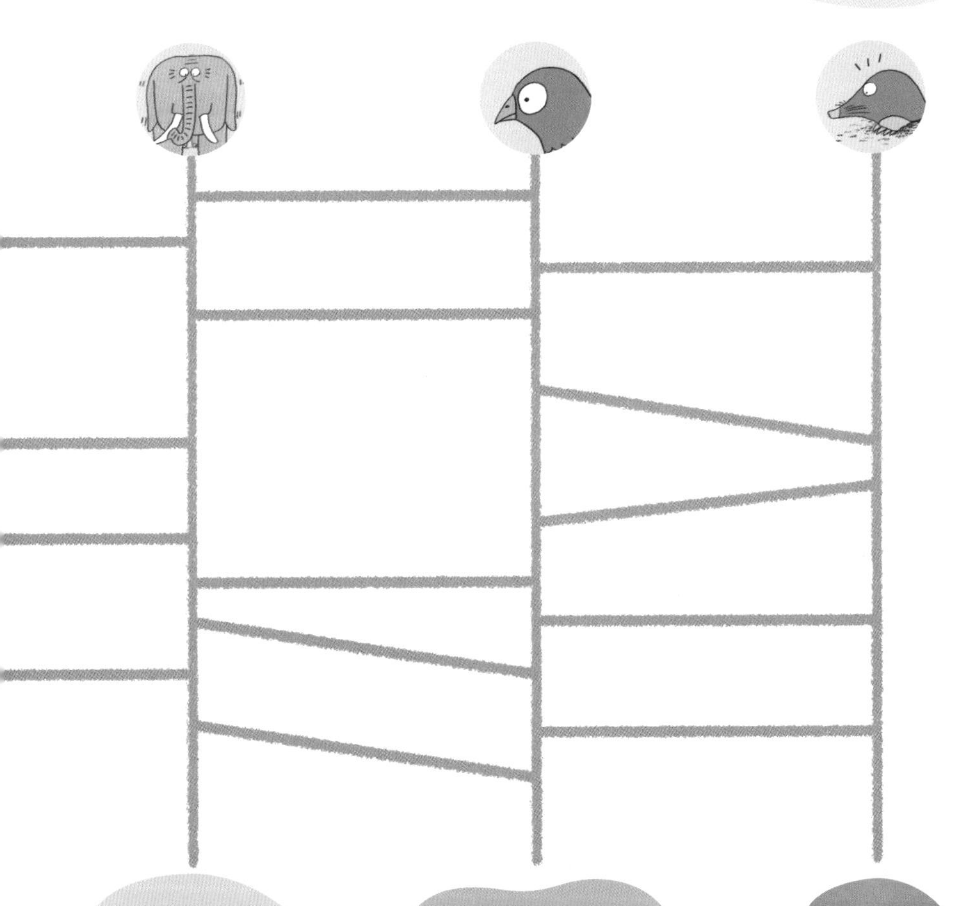

잘한 일 찾아
칭찬해 주기

서운한 일
한 번 참아 주기

먼저
웃어 주기

글 작가의 말

제 머릿속을 이리저리 돌아다니던 오롱이와 십조 어르신이 또다시 세상 밖으로 나왔어요. 이번에는 이들이 어디로 갈까, 쓰는 저도 궁금했다면 조금 이상하려나요. 매번 오롱이와 십조 어르신의 모험은 상상 그 이상이었어요. 물론 혼자가 아니었기에 가능한 일이었지요. 서로를 존중하고 배려하면서 말이에요.

여러분도 알다시피 누군가와 함께할 때, 아주 친한 사이라 해도 매 순간 즐겁고 행복할 순 없어요. 생각이 달라 다툴 때도 있고, 오해가 생겨 마음이 상하기도 하잖아요. 중요한 건 이런 갈등을 어떻게 해결하느냐 하는 거예요. 제 생각에 가장 좋은 방법은 상대방의 마음이 되어 보는 거예요. '나라면 안 그랬을 텐데.'라는 생각보다는 '그 사람은 왜 그랬을까?' 하고 고민해 보는 거죠. 그러다 보면 서로를 조금씩 이해하고 다름을 인정하면서 한 뼘 더 가까운 사이가 될 거라고 믿어요.

510원의 이야기를 쓰는 동안 감사한 분들이 많아졌어요. 항상 멋진 제안을 해 주시는 반달서재 출판사, 감각적인 그림으로 동화를 빛나게 해 주시는 박재현 작가님, 언제나 따뜻한 응원을 아끼지 않는 가족들, 무엇보다 책을 통해 만난 여러분들이지요. 재미있게 읽어 주고, 다음 모험을 기대해 준 덕분에 즐겁게 쓸 수 있었답니다. 두근두근 벌써 다른 모험이 기다려지네요.

김진형

그림 작가의 말

"너 괜찮아?"

슬프거나 우울할 때 큰 위로가 되는 말입니다. 상대방이 내 마음을 살피고 함께 느끼고 있다는 기분이 드니까요.

우리는 동전들의 앞선 이야기 '쨍그랑 대모험'과 '깜짝 세계 여행'에서 오롱이가 쓸모 있는 동전이 되기로 결심하고, 처음 겪는 일들에 과감히 도전하는 걸 지켜보았습니다. 그러면서도 어떤 게 쓸모 있는 일이고, 무엇에 도전하는 게 최선일까 계속 고민하게 되더군요. 그런데 이번 '때굴때굴 동물원 탐험'에서 '공감'이라는 소중한 의미를 발견했습니다. 공감을 통해 쓸모를 발견하고 도전해 가는 오롱이에게서 반짝반짝 빛이 나는 느낌이었어요.

공감은 남의 감정, 의견, 주장에 대해 자기도 그렇다고 느끼는 것이라고 합니다. 잠깐이라도 상대방이 되어 생각해 보는 것이지요. 공감한다는 건 대수롭지 않아 보여도 실제로는 큰 힘을 가지고 있습니다. 동전들과 동물원을 탐험하면서 우리도 함께 느꼈잖아요. 여러분이 친구를 사귀든, 영화를 보든, 토론을 하든 상대방의 마음에 관심을 기울여 보세요. 세상 어떤 일도 공감에서 출발하면 어려울 것이 없습니다. 한번 믿어 보세요!

박재현

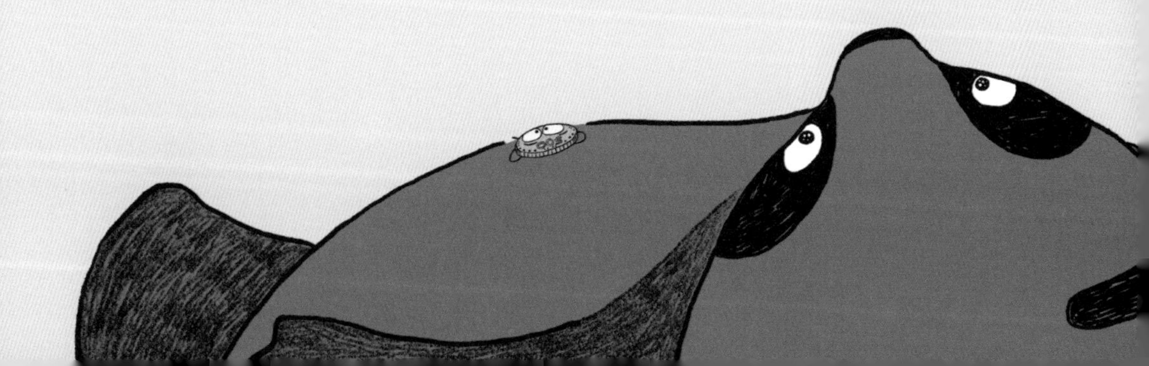

편집 노트

동전들의 다음 여행지는 어디가 좋을지, 어떤 모험을 하면 좋겠는지 물었을 때 재미있는 답을 해 준 독자들이 많았어요. 그래서 세 번째 이야기를 쓸 때 작가님도 고민이 많으셨을 거예요. 아마도 마지막 선택의 순간에는 오롱이와 십조 어르신의 목소리에 귀를 기울이지 않았을까 싶어요. 작가님은 마음속에서 수없이 동전들과 만났을 테니까요.

510원이 동물들과 만나 무슨 이야기를 만들어 낼지 궁금했는데, 읽으면 읽을수록 오롱이와 십조 어르신답다는 생각이 들었어요. 언뜻 보기에는 까다롭고 고집이 세서 쉽게 다가가기 힘들지 몰라도 십조 어르신이 은근히 따뜻한 사람 아니, 동전이잖아요. 오롱이는 누군가 꿈을 이루도록 도우면서 자신의 꿈도 키워 가는 속 깊은 친구고요. 낯선 환경에 처한 로운이와 싱싱을 온 힘을 다해 돕는 걸 지켜보면서 다시 한번 두 동전에게 반했답니다. 그렇지만 쉬잇! 동전들에겐 비밀이에요. 특히 십조 어르신께는요. 내 인기가 이 정도라고 거드름 피우는 건 보고 싶지 않네요, 히히.